AF451649

Vente des Jeudi 13 et Vendredi 14 Mai

HOTEL DROUOT, SALLE Nº 6

A DEUX HEURES

APRÈS DÉCÈS DE Mme DESJOBERT

BRONZES ANCIENS

D'ART ET D'AMEUBLEMENT

ANTIQUITÉS

LIVRES — MOBILIER

EXPOSITION PUBLIQUE

LE MERCREDI 12 MAI 1880

Mᵉ AVRIL	M. GEORGE
COMMISSᵉ-PRISEUR	EXPERT
rue Maubeuge, nº 21	rue Laffitte, nº 12

PARIS — 1880

Vᵉ RENOU, MAULDE et Cᵒ

IMPRIMEURS DE LA COMPAGNIE DES COMPTEURS

Rue de Rivoli 15

CATALOGUE

DE BEAUX

BRONZES

D'ART ET D'AMEUBLEMENT

Lustre — Candélabres — Vases — Pendules — Guéridon

DE L'ÉPOQUE LOUIS XVI

GROUPES, STATUETTES, BUSTES

DES XVIᵉ, XVIIᵉ ET XVIIIᵉ SIÈCLES

COLONNES EN GRANIT, COUPES EN AGATE

ANTIQUITÉS

Vases peints, Terres cuites, Livres, Mobilier

DONT LA VENTE AURA LIEU

Après le décès de Mᵐᵉ DESJOBERT

HOTEL DROUOT, SALLE N° 6

Les Jeudi 13 et Vendredi 14 mai 1880

A DEUX HEURES

Par le ministère de **Mᵉ AVRIL**, Commissaire-Priseur, rue Maubeuge, 21,
Assisté de **M. GEORGE**, Expert, rue Laffitte, 12.

EXPOSITION PUBLIQUE

LE MERCREDI 12 MAI 1880

PARIS — 1880

ORDRE DES VACATIONS

Le Jeudi 13 Mai : Antiquités, Bronzes.
Le Vendredi 14 Mai : Livres, Mobilier.

BRONZES D'ART ET D'AMEUBLEMENT

1 — **BELLE ET GRANDE PENDULE LOUIS XVI** en marbre blanc et bronze doré au mat, surmontée d'un sujet (*Vénus faisant l'éducation de l'Amour*), et ornée d'une plaque et d'une frise en bas-relief représentant des jeux d'Amours.

Haut. 62 c., larg. 43 c.

2 — **PETIT LUSTRE LOUIS XVI**, à six lumières, en bronze ciselé et doré, de forme très-élégante, et suspendu par trois chaînettes composées de maillons alternés de fleurons. Le corps du lustre est à ornements tournés en spirale et se détachant sur un fond d'émail bleu. A l'extrémité inférieure des chaînes, sont placées trois cariatides de femmes se terminant en feuilles d'acanthe; de dessous leurs bras s'échappent les branches, porte-lumières, cordelées et ornées de rinceaux, etc.

3 — **GUERIDON LOUIS XVI ROND** en bronze ciselé et doré; le dessus en marbre vert de mer, est supporté par trois figurines d'Amours, les bras élevés, assis au sommet de doubles colonnettes, reliées à leurs bases par une traverse au centre de laquelle est placée une coupe.

4 — **QUATRE TRÈS-BEAUX BUSTES** en bronze du XVIII° siècle, jeunes femmes ornées d'attributs et personnifiant l'*Europe*, l'*Asie*, l'*Afrique* et l'*Amérique*; ils sont placés sur fûts en marbre turquin et bronze doré.

Hauteur, socles compris, 56 c.

5 — **DEUX BELLES STATUETTES** en bronze de l'époque Louis XVI: *l'Histoire et la Poésie.* — La première assise et drapée à l'antique, tient un livre sur lequel est inscrit: *Les hommes sont égaux, ce n'est point la naissance, c'est la seule vertu qui fait leur différence.* — L'autre LA POÉSIE, également assise a les yeux levés vers le ciel et la tête couronnée de lauriers. Elle est vêtue d'une tunique et d'un manteau semé d'étoiles et tient une lyre, à ses pieds, deux livres : sur l'un on lit l'*Art poétique*, chant premier; sur l'autre: *Malheur au peuple qui dort sur sa liberté, il se réveille esclave.*

Ces deux statuettes sont placées sur fûts en marbre griotte et bronze doré.

Haut. des statuettes 36 c., fûts 15 c.

6 — **DEUX JOLIES STATUETTES** en bronze, d'après Pigalle: l'*Amour*, assis sur des nuages, l'index sur la bouche, et *une Jeune fille* qui a dérobé son arc. Modèles connus sous le titre de *Garde-à-vous*. Ces statuettes sont placées sur des fûts cannelés en bronze doré, à perles, rubans tordus et plinthes à angles cintrés et rentrants. Epoque Louis XVI.

Haut., socles compris, 36 c.

7 — **DEUX STATUETTES** en bronze, d'après l'antique: *la Vénus accroupie* et le *Rémouleur* (Arrotino). Socles en bronze doré.

8 — **SATYRE** assis sur un cheval. Il tient d'une main une coquille et de l'autre une corne formant flambeau, bronze du xvie siècle.

Haut. 39 c.

9 — **ATLAS.** Belle statuette en bronze, patine brune, époque Louis XIV. Socle en marbre turquin.

10 — **LE NIL,** étendu à terre, appuyé sur un sphinx, une corne d'abondance sur le bras gauche et tenant un épi de la main droite. Beau bronze de l'époque Louis XIV. Socle en marbre entouré d'un feston de feuillage en bronze ciselé et doré.

11 — DEUX TRÈS-BEAUX CANDÉLABRES LOUIS XVI, composés de statuettes en bronze vert (*Flore* et *Zéphyr*) tenant des cornes d'abondance d'où s'élèvent des bouquets à trois lumières en bronze doré. Ces figures reposent sur des fûts en marbre griotte, ornés de bronzes, pampres retombant en guirlandes.

Haut. totale 80 c.

12 — Deux très-beaux **VASES LOUIS XVI** en bronze vert et doré en partie, de forme ovoïde et à anses se recourbant sur la panse décorée de feuilles d'acanthe.

Haut. 53 c.

13 — DEUX COLONNES EN GRANIT ROSE, sur socles en portor ; à la partie supérieure un cercle, et en bas un tore en bronze ciselé et doré.

Haut., socles compris, 122 c.

14 — BEAU GROUPE allégorique en bronze de l'époque Louis XV : *Minerve assise* sur la boule du monde et à ses pieds deux génies qui l'implorent, et divers attributs des beaux arts et des sciences. Socle en marbre turquin, orné d'une moulure de feuilles d'eau et d'une frise de palmettes en bronze doré.

Haut., socles compris, 54 c.

15 — JOLIE COUPE OVALE EN AGATE mousseuse, jaspée de très-belles nuances. Monture en bronze finement ciselé et doré, de l'époque Louis XVI. Modèle à galerie composée d'entrelacs de laurier, anses doubles formées de serpents, et quatre pieds de biche.

16 — AUTRE COUPE, de même forme, avec monture analogue.

17 — DEUX PRESSE-PAPIER (*Levrettes couchées*) en bronze. Socles en bronze doré, époque Louis XVI.

18 — PETIT GROUPE (*Vénus remettant la pomme à l'Amour*), bronze italien du xvie siècle.

19 — PENDULE carrée en marbre noir, surmontée d'un beau bronze à patine brune (*Enfant couché et jouant avec un chien*).

20 — DEUX STATUETTES en bronze de l'Empire, femmes ailées supportant des veilleuses. Socles en bronze doré, ornés de figures allégoriques des Saisons en bas-relief.

21 — DEUX CANDÉLABRES Empire à quatre lumières.

22 — **PENDULE** borne, de l'Empire, en racine, garnie de bronzes.

23 — **PETITE PENDULE** en bronze doré au mat, surmontée d'un groupe: *Lutte d'Amours*.

24 — **DEUX COUPES** en porcelaine de Sèvres, médaillon d'Amours et fond turquoise, monture en bronze.

25 — **DEUX VASES** en porcelaine gros bleu uni, jolie monture ancienne en bronze ciselé et doré.

26 — **ENCRIER** en bronze (*Charrue*).

27 — **PLATEAU ROND** en bronze doré Empire, dessus en glace étamée.

28 — **SOCLE** en bronze doré Empire, pieds à têtes de lionne.

29 — **DEUX VASES** à fleurs en verre rubis émaillé blanc et doré.

30 — **DEUX PORTE-BOUQUETS** en verre gravé et taillé à facettes, monture en bronze.

ANTIQUITÉS

31 — **RHYTON NOIR**. Tête d'animal. Sur le col, peintures rouges, Danseur et Ornements (Nola).

32-50 — **VASES A PEINTURES NOIRES SUR FOND JAUNE**. Amphores, Lecythes, et pièces de formes variées.

51-55 — **VINGT COUPES** (Cylix, Cratères, etc.), à fond noir.

56 — **SIX VASES**, dont deux côtelés, à une anse et à ouverture trilobée.

57 — **ENVIRON 80 PIÈCES** : Tasses, petites Coupes, Buires, Lampes, seront vendues sous ce numéro.

58 — Six Pièces de monnaies romaines en argent.

59 — Terres cuites. Quatre Têtes, Femmes, Faunes.

60 — Terres cuites. Cinq pièces, Cavalier, Taureau, Sangliers, Bélier.

61 — Terres cuites. Dix pièces, Têtes et Fragments.

62 — Terre cuite. Femme assise et tenant un canope sur ses genoux, style égyptien.

63 — Terre cuite. Statuette de Satyre.

LIVRES

1,000 VOLUMES : les Fables de La Fontaine, gravées par Fessard et Montolay, 1765. — Real Museo Borbonico, classiques latins de Nisard, Thiers, Molière, Racine, Corneille, La Fontaine, Béranger, etc.

MOBILIER

NOMBREUX MEUBLES EN ACAJOU : Bibliothèques, Armoires, Siéges, Tables, Couchettes.

Vᵉˢ Renou, Maulde et Cock, imprˢ de la Compagnie des Commissaires-Priseurs, rue de Rivoli, 144   6840

* 9 7 8 2 3 2 9 4 4 5 6 3 2 *